Cyfres Ar Wib
CAFFI FFWLBART

Caffi Ffwlbart

Sam Llewellyn

Lluniau Arthur Robins

Addasiad Gwawr Maelor

Gomer

Argraffiad cyntaf – 2005

ISBN 1 84323 514 5

Cyhoeddwyd gyntaf ym Mhrydain
gan Walker Books Ltd., 87 Vauxhall Walk,
Llundain, SE11 5HJ dan y teitl *The Polecat Cafe*

ⓑ testun: Sam Llewellyn, 1998 ©
ⓑ lluniau: Arthur Robins, 1998 ©
ⓑ testun Cymraeg: ACCAC, 2005 ©

Dymuna'r cyhoeddwyr gydnabod cymorth
Adrannau Cyngor Llyfrau Cymru.

Cyhoeddwyd gyda chymorth ariannol
Awdurdod Cymwysterau Cwricwlwm ac Asesu Cymru.

Argraffwyd gan
Wasg Gomer, Llandysul, Ceredigion SA44 4JL

Cynnwys

Roedd Elis a Non ar daith traws-
gwlad. Roedden nhw'n llusgo'u
traed ers ben bore. Erbyn amser
cinio roedd y ddau wedi hen flino
ac yn eithaf blin.

Dim ond un peth oedd ar feddwl Non. 'Ydi hi'n amser cinio eto?' gofynnodd.

'Paid â phoeni,' meddai Elis. 'Mae gen i bicnic i ni'n dau.'

Ond dyna'r union beth oedd yn poeni Non. Er bod Elis yn frawd annwyl iddi, roedd ganddo un gwendid. Roedd yn gogydd anobeithiol er ei fod o'n credu ei fod yn gogydd gwych. Roedd o wedi penderfynu bod yn gogydd pan fyddai'n fawr.

Well imi newid y stori, meddai Non wrthi'i hun. 'Hei! Weli di'r llwynog yna?' meddai.

Nodiodd Elis ei ben. Mochyn daear oedd o. Er bod Non yn

chwaer annwyl iddo, roedd ganddi un gwendid. Doedd hi ddim yn gwybod y gwahaniaeth rhwng un anifail a'r llall, a hithau wedi penderfynu bod yn Arbenigwraig Bywyd Gwyllt pan fyddai hi'n fawr.

Roedd y tywydd wedi troi'n ddiflas braidd ac roedd hi'n dechrau glawio. Aeth Elis a Non i ganol y goedwig. O dan y coed roedd y dail yn diferu dafnau glaw. Dechreuodd dywyllu.

'Edrycha!' gwaeddodd Non. 'Madarchen!'

'Os mai madarchen ydi hwnna, pam bod yna fwg yn dod o'i simdde?' atebodd Elis.

'Mae madarch yn cynhyrchu hadau, nid mwg,' meddai Non. 'Edrych, dyna iti dwll neu gartref mochyn daear!'

'Wel, os mai cartref mochyn daear ydi hwnna, pam fod ganddo ddrws gwyrdd a dwrn-curo crand?' meddai Elis gan wneud ei orau i swnio'n glên.

'Amser cinio!' meddai. 'Brechdan gaws flasus a selsig oer wedi'u ffrio.'

'Grêt,' meddai Non, gan wneud ei gorau glas i swnio'n llawn brwdfrydedd. Gwyddai'n iawn y byddai'r frechdan yn sych grimp a'r selsig yn binc y tu fewn wedi'u hanner ffrio.

Daeth mwg llwyd o'r fadarchen.

'Mwg go iawn ydy hwnna,' meddai Elis. 'A drws yn bendant ydi hwnna.' Gwthiodd y frechdan i'w boced ac aeth i fusnesa.

Nid madarchen oedd o!
Ond simdde fach haearn
gyda chantel haearn drosto
i gadw'r glaw draw.
Roedd y mwg yn
llawn arogl nionod
wedi'u ffrio, tôst,
siocled poeth,
te Tseina a phob
math o stwff
blasus eraill.

Erbyn hyn roedd Elis bron â llwgu. Wrth gwrs roedd ei ginio e yn fendigedig, ond . . .

Aeth Non i fusnesa at y drws yn y twll. Heb amheuaeth, drws gwyrdd oedd o, gyda thwll busnesa ar gyfer un llygad ynddo. Roedd plât efydd gyda'r gair *Caffi* wedi'i grafu arno ar y drws. Na, nid cartref mochyn daear oedd o – ond bwyty!

Dechreuodd lawio eto.

'Tyrd yn dy flaen!' meddai Elis yn flin.

'Iawn, dal dy drôns!' atebodd Non yr un mor flin.

Gafaelodd yn y dwrn-curo-drws a'i gnocio'n galed.

BRECHDAN-
WEDI-FFRIO

Gwaeddodd llais tu draw i'r drws,
'Dydy o ddim 'di cloi! Gwthia a
thyrd i mewn!' Gwthiodd Elis ac
aeth y ddau i mewn.

Twll o le oedd o! Waliau
pridd oedd iddo ac roedd ffwrn
llosgi coed anferth a bwrdd
cegin yno. Wrth ymyl
y ffwrn roedd creadur
bach rhyfedd gyda
llygaid crwn,
clustiau cam a
ffedog wen
at ei draed.

Mae hi'n arllwys y glaw!

'Mae hi'n rhy wlyb i fwyta tu allan!' meddai Non. 'Ydi hi'n iawn i ni fwyta yn y gegin sych yma?'

'Wrth gwrs! Be sgin ti i'w fwyta?' holodd y creadur.

'Brechdanau!' meddai Non. 'Brechdanau caws.'

'Ych!' meddai'r creadur. 'Caws yn drewi fel cesail camel.'

'A selsig wedi'u ffrio,' meddai Elis yn bigog.

'YCH-y-PYCH! Am ginio!' meddai'r creadur. 'Dewch yma!'

'Pam?' meddai Elis. Pwy oedd hwn i ddweud fod ei ginio'n ych-y-pych? Ond roedd y creadur yn fwy nag Elis ac roedd ganddo ddannedd miniog iawn yr olwg.

Nid oedd Non wedi sylwi ar
ei ddannedd o gwbl.

"Sgusodwch fi,' meddai,
'dyfrgi ydach chi yntê?'

'Ffwlbart, y ffŵl!' meddai'r
creadur, 'ac mae'r ffwlbart
yma'n gogydd o fri. Mae'n siŵr
dy fod ti hefyd wedi meddwl

22

mai madarchen neu rywbeth
gwirion arall ydi fy simdde i.'

'Oedd, mi roedd hi a dweud y
gwir!' meddai Elis. Roedd yn well
bod yn onest. Doedd hwn ddim
yn ffŵl o ffwlbart o bell ffordd!

'Reit, dewch â'ch cinio yma!'
meddai'r ffwlbart.

'Hei!' meddai Elis.

'Iawn!' meddai Non.

Stwffiodd y ffwlbart ei drwyn pigog tu fewn i'r frechdan gan dynnu'r stumiau rhyfeddaf. 'Bara, saim a sleim. Fedrwch chi ddim bwyta'r sglyf- frechdan yma! Wel, os na fedra i . . .' meddai gan gip-edrych ar ei oriawr aur yn ei ffedog – 'pum munud i un . . . pam lai?'

Mewn chwinc, bachodd badell
ffrio o'r bachyn ar y wal a'i gosod
ar y ffwrn. Tywalltodd joch o olew
gwyrdd iddi a nionod wedi'u
torri'n fân, a'u ffrio'n ysgafn.
Ychwanegodd binsaid o halen
a phupur a'r
selsig wedi'u
torri'n ddarnau
bach.

Coginiodd y selsig yn dda cyn taflu'r brechdanau caws wedi'u chwarteru a'u ffrio nes bod y caws yn toddi'n slwj yn y badell.

Doedd o ddim yn stopio parablu wrth goginio. 'Dyma olew 'di'i ddwyn o gegin gwraig y gweinidog. Nionod gardd Mr Efans ydi'r rhain. Halen a phupur. Wps, mae hi'n amser . . .'

Sodrodd y
badell o dan
y rhidyll poeth.
'Welwch chi'r
rhaff yna'n
hongian o'r to?
Tynnwch o,'
meddai, 'yna, mi
fydd hi'n amser
cinio!'

Deuai arogl
bendigedig o'r
rhidyll. Tynnodd
Elis a Non
y rhaff â'u
holl nerth.

Fry uwchben canodd y gloch oedd yn crogi ar gangen y goeden. Yn sydyn, daeth y goedwig yn fyw! Sgrialodd anifeiliaid o bob twll a chornel ar draws y goedwig:

draenogod a chwningod; wrang-
wtang a sawl llwynog; carlwm a
gwenci a dau armadilo, ac un
ffesant o Tseina yn trotian ar
goesau hir, tenau.

Roedd bob un yn cario cyllell a fforc; pawb ond y ffesant o Tseina, oedd yn cario *chopsticks*.

Yng ngheudwll y goeden roedd arwydd pren nad oedd Elis a Nia wedi sylwi arno o'r blaen.

'Caffi – Mynediad Cwsmeriaid.'

Bob yn un daeth yr anifeiliaid i mewn. Aeth pobman yn dawel fel y bedd. Ond yna, ymhell bell o grombil y goedwig, daeth sŵn isel, dwfn. Sŵn stumog anferth yn rhuo.

Sglaffiodd Elis a Non
blateidiau o'r frechdan gaws
a selsig wedi'u ffrio.

'Ardderchog!' meddai Non.

'Bendigedig!' meddai Elis.

'Clamp o ginio di-guro!' meddai'r ffwlbart. 'Wel, does dim amser i hel clecs a llaesu dwylo drwy'r dydd – dewch â help llaw i mi, blantos!' Taflodd sosbenni a phadelli'r wlad ar y bwrdd. Yna, agorodd ffenestr fach yn wal y gegin.

Tu draw i'r ffenestr roedd
ystafell anferth gyda hanner
dwsin o fyrddau hir ac
anifeiliaid dirifedi o'u cwmpas.

Wrth eu gwylio sylwodd Elis
ar ddyrnaid o bridd yn disgyn
o'r wal a thrwyn twrch daear
yn twnelu trwyddo.

'Defnyddiwch ddrws y
cwsmeriaid tro nesaf, fel pawb
arall!' bloeddiodd y ffwlbart yn
wallgof. Dechreuodd pawb
biffian chwerthin.

'Pam bod cogyddion bob
amser yn biwis?' sibrydodd un
o'r anifeiliaid.

'Bwyd ar y byrddau!' meddai'r ffwlbart wrth Elis a Non.

'Bwyd prendigedig,' meddai'r draenog.

'Bwyd BENdigedig, mistar porciwpein,' meddai Non.

'Draenog, y lolen!' meddai'r
draenog. 'Gobeithio fod 'na fwy
nag un pry yn y pei
prendigedig yma!'

'Oes siŵr, paid â ffysian!'
meddai'r ffwlbart.

Gwenodd Non heb edrych i
ganol y pei pry.

Erbyn hyn roedd Elis wrthi'n gweini pwdin i'r wrang-wtang gyda'i dei-bo du a'i sbectols tywyll. Llowciodd fanana wedi'i ffrio wrth wneud nodiadau am

y bwyd yn ei lyfr bach.

Pwdin melys . . . ysgafn . . . perffaith!

Sychodd ei weflau trwchus gyda hances bapur, ac i ffwrdd â fo yn ôl i'r goedwig.

'Hwnna eto!' twt-twtiodd y ffwlbart. 'Bob tro mae syrcas yr anifeiliaid yn y goedwig, mae o'n sicr o fod yn eu canol. Mae o'n adrodd bob dim am fy mwyd i  wrth ei ffrindiau crand. Deall dim amdanyn nhw wir! Unwaith mae cogydd yn cael enw da, mae pawb yn tyrru yma – armadilos a riff-raffs yn ffwndro 'nghwsmeriaid ffyddlon i. Ond fiw imi ddangos y drws iddyn nhw neu fe fydd gen i gaffi gwag!' meddai'r ffwlbart.

Aeth y cwsmeriaid olaf
drwy'r drws. Roedd Elis a Non
yn teimlo'n well o lawer.

'Diolch yn fawr iawn!'
meddai Elis yn gwrtais gan
roi'r bag ar ei gefn. 'Well i ni
fynd –' ac ar yr eiliad honno
crynodd y ddaear.

'BWM!' meddai rhywbeth
uwchben. 'BWM! BWM! BWM!'
Disgynnodd hen bridd o'r to.

'Beth ar y ddaear oedd hwnna?' meddai Non.

'Sŵn traed,' meddai'r ffwlbart. 'Recs yn dod am ei ginio. Does dim ar ôl, fel arfer. Mae o mor ara deg, does gen i ddim mynadd efo fo! Mae o'n codi ofn ar y cwsmeriaid i gyd. Mae o'n rhy hwyr i gael cinio heddiw a dyna ddiwedd arni!'

42

'Dim problem,' meddai Elis.
'Fe wna i ginio iddo fo.'

Roedd golwg gyfrwys ar wyneb
y ffwlbart.

'Pam lai?' meddai. 'Gwna di
frechdan iddo fo.
Ond brechdan
FAWR, cofia di.
Mae'r bara
fan acw.'

'Hei –'
meddai Non,
ond cyn iddi
gael cyfle i
ddweud ei fod
yn gogydd difrifol
roedd y ffedog
amdano.

Pam lai?

Ffal-di-ral-
di-ro

Gwisgodd Elis gap cogydd
sbâr a chasglodd bob math o
sbarion bwyd o bob cwpwrdd.

'Mae cogydd gwerth chweil
yn gallu gwneud pryd o fwyd
gydag unrhyw beth!' meddai
gan grafu'r llwydni oddi ar
y dorth a'i llifio'n dafelli.

Wrth ffal-di-ralio canu
taenodd y marjarîn ar y bara;
torrodd chwech o domatos
drewllyd a nionyn heb ei goginio
ac agorodd dun o fwyd ci. Yna,
ffriodd ddwsin o wyau nes bod y
melynwy'n galed a'r gwynwy'n
ddu a stwffio'r cwbl i'r bara
i wneud un frechdan fawr.

'Halen?' meddai'r ffwlbart.
Taflodd Elis lond dau ddwrn o
halen a'i chwalu'n un haenen
dew dros lenwad y frechdan.

'Digon?' gofynnodd.

'Mwy!' atebodd
y ffwlbart.
Tywalltodd
becyn o halen
i'r frechdan.
'Wele!' meddai
Elis gan roi'r
frechdan ar
blât anferth.
'Brechdan
i anifail
anferth!'

Erbyn hyn roedd sŵn crafu a sgriffian tu ôl i'r drws. Ond nid rhyw sgriffian a chrafu diniwed, distaw, ond sŵn sgriffian anferthol.

'Dod trwy ddrws y staff eto; does ganddo fo ddim brêns,' meddai'r ffwlbart yn flin.

Edrychodd Elis drwy'r twll busnesa. Roedd un olwg yn ddigon. Neidiodd yn ôl ar unwaith.

'Wel?' meddai Non. 'Beth sydd?'
Roedd Elis yn wyn fel y galchen
a'i geg yn agored led y pen. Doedd
o ddim yn gallu yngan gair.

'Un o'r petheuach 'na ydi o,'
meddai'r ffwlbart yn slei. 'Coesau
blaen byr a choesau ôl anferth.'

'A chynffon fawr hir?' meddai
Non yn ei llais Arbenigwraig
Bywyd Gwyllt.

'Yn union!' meddai'r ffwlbart.

'O! Cangarŵ bach ciwt!'
meddai Non.

'Hei! –' meddai Elis yn sydyn.
Ond roedd hi'n rhy hwyr.
Cipiodd Non y plât o'i ddwylo
ac agor y drws.

'O! Dyna gangarŵ anferth,' meddai Non mewn llais bach crynedig.

'Ond mae o'n *wyrdd*,' meddai Elis yr un mor grynedig.

Oedd, roedd o'n wyrdd a chennog ac mor fawr nes bod ei ben yn llenwi'r drws i gyd.

Roedd ganddo geg anhygoel a llygaid bach milain. Agorodd y creadur ei geg.

Roedd rhes hanner metr o ddannedd miniog yn y golwg. Llanwodd y gegin gyda gwynt drwg.

'Fedr o ddim dod i mewn,' meddai'r ffwlbart. 'Mae o'n *casáu* hynny ac mae o'n mynnu aros tu allan yn codi ofn ar fy nghwsmeriaid.'

'Dyma ti, Canga,' meddai Non yn ofnus gan daflu'r frechdan i'w safnau. Caeodd y geg yn glep amdani.

Aeth eiliad o dawelwch. Yna, poerodd y frechdan a'i chwythu gan milltir yr awr yn ddarnau mân ar draws y gegin. Diflannodd y pen ar unwaith.

'Wel, doedd o ddim yn rhy hoff o'i ginio!' meddai'r ffwlbart gan gerdded o'r twll.

Yn araf deg, aeth Elis a Non ar ei ôl.

O'r caffi roedden nhw'n gallu gweld gwastatir yn ymestyn o'r goedwig.

Yn y pellter, roedd anifail anferth yn rhedeg am ei fywyd mor gyflym ag y gallai.

Bob hyn a hyn roedd yn
sefyll yn stond fel petai'n ceisio
chwydu i gael gwared o
rywbeth drwg o'i geg.

'Nid cangarŵ ydi o,' meddai
Elis, 'ond Tyranosawrws Recs!'

'Ie!' meddai'r ffwlbart, 'ac mae o wedi dod o'r ogofâu fan draw. Hen riff-raff gyda rhyw dymer ddrwg drybeilig ydi o. Ddaw o fyth yma eto! Gwynt teg ar ei ôl o ddweda i wir!'

'Ond Tyranosawrws Recs ydi'r anifail mwyaf llwglyd yn y byd,' meddai Non.

'Mae'n rhaid ei fod o'n llwglyd iawn i fwyta'r frechdan *yna*!' meddai'r ffwlbart. 'Yn fwy llwglyd nag unrhyw anifail dw i erioed wedi'i gwrdd. Wel, does gen i ddim amser i falu awyr fan hyn neu mi fydd hi'n amser te ymhen dim.'

Dim amser i falu awyr!

'Roeddet ti'n gadael i mi wneud y frechdan yna'n fwriadol,' meddai Elis.

'A gadael imi agor y drws yn fwriadol,' meddai Non.

Ond roedd y ffwlbart wedi'i heglu hi am y caffi a chloi'r drws ar ei ôl.

Cododd yr haul. Yn rhyfedd iawn, doedd Elis a Non ddim yn flin o gwbl. Ddwedodd y ddau ddim gair am hir.

Yna, meddai Elis, 'Rydw i'n dal eisiau bod yn gogydd. Ond efallai y bydd yn rhaid imi gael gwersi coginio'n gyntaf.'

Meddyliodd Non cyn ateb. 'Rydw i'n dal eisiau bod yn Arbenigwraig Bywyd Gwyllt, ond efallai y bydd yn rhaid imi brynu llyfrau'n gyntaf.'

Gwersi i mi!

A llyfrau i mi!

Ac aeth y ddau am adref.

Hefyd yn y gyfres:

*Cysylltwch â Gwasg Gomer
i dderbyn pecyn o syniadau
dysgu yn rhad ac am ddim.*